LETTRE
D'ÉLISORA A JULIEN,

SON FILS,

SUR LA PEINE DE MORT.

Si vos magistrats condamnent un malheureux à avoir la tête tranchée, ai-je signé l'ordre de cet assassinat ?
Nouvelle d'Élisora, p. 197.

PARIS,

IMPRIMERIE DE GUIRAUDET ET JOUAUST,

RUE SAINT-HONORÉ, 315.

1836.

LETTRE

D'ÉLISORA A JULIEN,

SON FILS,

SUR LA PEINE DE MORT.

Si vos magistrats condamnent
un malheureux à avoir la tête
tranchée, ai-je signé l'ordre de
cet assassinat?

Nouvelle d'Élisora, p. 197.

PARIS,

IMPRIMERIE DE GUIRAUDET ET JOUAUST,

RUE SAINT-HONORÉ, 315.

1836.

C.

LETTRE

D'ÉLISORA A JULIEN,

SUR LA PEINE DE MORT.

———◦◦◦———

Pourquoi s'étonner, mon fils, d'entendre exprimer tant d'opinions diverses sur la question de savoir s'il faut effacer de nos codes la peine de mort? Pourquoi s'en étonner? Est-on d'accord sur quelque chose en ce moment, et pourrait-on l'être? Non, mon fils, on ne peut pas l'être; non.

Chez tous les peuples, à chaque époque de transition, où le passé, miné dans ses fondements, menace d'écraser le présent, où l'avenir n'apparaît encore que confusément dans le lointain, à travers d'épais brouillards; à ces époques si désastreuses pour les générations présentes, la société offre le spectacle de trois camps dont les

tentes sont surmontées de drapeaux dis-
tincts.

Dans le premier se groupent tous les
hommes ralliés là par l'habitude, le pré-
jugé, l'entêtement, l'intérêt, l'ambition,
pour soutenir l'édifice qui craque de toute
part. « A quoi bon, disent-ils, changer ce
qui existe? Il y a tant de siècles que la société marche ainsi! Ne pourrait-elle pas
marcher encore de même? »

Avec plus de logique ou de désintéresse-
ment, ils feraient un raisonnement tout contraire à celui-ci : car précisément plus des
institutions sont anciennes, plus approche,
s'il n'est déjà arrivé, le moment de les rem-
placer par d'autres, tous les ouvrages de
l'homme devant avoir une fin (1).

Passons au deuxième camp. — Nous y
trouverons des hommes moins esclaves de
l'habitude et des préjugés, plus observa-
teurs, plus désintéressés, avouant haute-
ment que des institutions usées par le
frottement continu des siècles écoulés sur
elles sont trop fragiles pour supporter le
poids des siècles en marche vers nous. Mais,

5

timides, ils se sont fait une loi de la plus grande circonspection ; ils veulent n'avancer qu'avec précaution, pas à pas ; n'attaquer ce qui existe que par détails et successivement ; surtout ne rien brusquer, et n'arriver à des changements complets que par des modifications progressives. Les intentions de ce parti sont bonnes, rendons-lui justice ; pourtant on peut lui reprocher de n'avoir pas de but déterminé, de marcher au hasard selon les événements du jour, par conséquent de ne pas mettre la moindre apparence d'ensemble dans ses essais, ses tâtonnements. La société peut attendre de lui des palliatifs, point de guérison.

Dans le troisième camp se rassemblent, un peu en tumulte, les hommes plus ardents, plus impatients, plus entreprenants. Comme les institutions d'un peuple ne sont bonnes qu'autant qu'elles sont en harmonie entre elles, qu'elles forment un tout complet et homogène, des changements partiels, selon eux, n'ont d'autre résultat que d'augmenter la confusion déjà existante dans les lois de ce peuple au moment où elles ne lui conviennent plus, et où il se sent tourmenté du besoin de les refaire. Ces hommes repoussent donc toute modification de détail; ils réclament l'anéantissement de tout ce qui existe, et la construction d'un édifice entièrement neuf.

Si le second parti met trop de lenteur dans sa marche, celui-ci peut être accusé presque toujours de trop de précipitation.

Un changement subit et complet dans la constitution d'un peuple est une révolution, et l'on sait ce que coûtent les révolutions. Elles sont pourtant inévitables à de certaines époques; mais il faut les préparer, de sorte qu'après leur explosion, un calme assuré succède à la tourmente, et qu'on n'ait pas réussi seulement à passer d'un volcan sur un autre.

Tu vois que les deux derniers partis, irréconciliables avec le premier, tendent au même but, et que quelques transactions faciles suffisent pour amener leur fusion, sans laquelle l'avenir ne peut être réglé avec stabilité. Malheureusement, parmi eux se glissent des traîtres, prôneurs enthousiastes d'opinions qu'ils ne partagent pas, mais qu'ils espèrent exploiter à leur profit, et des exaltés, qui effraient par leur exagération. Mais la raison et le temps finissent par triompher de ces dissensions; tôt ou tard les traîtres, démasqués, tombent dans un mépris trop mérité, et les exaltés reviennent à des idées plus modérées. Les deux camps alors se fondent en un seul, et le premier, réduit à ses seules forces, ne peut plus continuer la lutte; ses tentes sont bientôt renversées.

Ne crois pas, au surplus, que ces trois camps renferment la majorité de la nation que leurs combats intéressent. Autour d'eux circulent des myriades de pusillanimes, incapables de se ranger sous aucun drapeau, et d'indifférents, témoins nonchalants d'une lutte qu'ils considèrent comme un spectacle destiné à les divertir, sans se douter que de cette lutte dépendent leur bien-être, leur fortune, leur avenir, et le bonheur de leur postérité. Jetons en passant un regard de pitié sur les pusillanimes, de dédain sur les indifférents, et ne nous occupons plus ni des uns ni des autres.

Tels sont, mon fils, les trois partis qui s'agitent en ce moment comme dans toutes les circonstances semblables à celles où nous nous trouvons. Ainsi, je te le répète, nous ne pouvons être d'accord sur rien, et par conséquent les opinions doivent être partagées sur la question dont je vais m'occuper.

Espérons qu'il n'y en ait plus qu'une seule bientôt, que l'on reconnaisse unanimement que le supplice d'un homicide est contraire au pacte social, qu'il excède les pouvoirs confiés aux législateurs et aux gouvernants, qu'il est enfin un crime public, fruit empoisonné d'un crime privé. Voilà ce que je vais te démontrer.

Avant tout, dans quel pays vivons-nous ? Ma question n'est pas géographique, elle est religieuse. Je demande sous l'empire de quelle religion l'on suppose la France placée. Quel que soit le nombre des sectes qui se la disputent, elles découlent toutes de la même source, la Bible. Je l'ouvre donc, et j'y lis :

« Caïn ! où est votre frère Abel ? — Je ne » sais : suis-je le gardien de mon frère ? —

» Qu'avez-vous fait ? La voix du sang de votre
» frère crie de la terre jusqu'à moi. Vous se-
» rez donc maintenant maudit sur la terre,
» qui a ouvert sa bouche, et qui a reçu le
» sang de votre frère lorsque votre main l'a
» répandu. Quand vous l'aurez cultivée, elle
» ne vous rendra point son fruit ; vous serez
» fugitif et vagabond sur la terre. — Quicon-
» que donc me trouvera, me tuera ? — Non,
» cela ne sera pas ; mais quiconque tuera
» Caïn en sera puni très sévèrement.

   » Et le Seigneur mit un signe sur Caïn,
» afin que ceux qui le trouveraient ne le tuas-
» sent pas. » (2)

   Remarquons qu'il ne s'agit pas ici d'un
simple homicide, mais d'un fratricide, d'un
fratricide sans circonstances atténuantes :
car Abel n'avait ni contrarié ni offensé Caïn,
et si Dieu a eu le tort impardonnable de ne
point regarder celui-ci, et de refuser ses of-
frandes sans motifs, et par un pur caprice,
tandis qu'il regardait favorablement Abel et
ses présents, le jeune frère était complète-
ment innocent de cette partialité coupable.

   Défense n'en est pas moins faite de tuer

Caïn, et Dieu se conforme ensuite au même principe : il ne prononce pas la peine de mort contre ceux qui tueraient ce fratricide, il se borne à les menacer *d'une punition sévère.*

Eh bien, mon fils, en plaçant cette scène à l'origine du monde, en faisant parler Dieu lui-même (3), les auteurs de la Genèse, quels qu'ils soient, ont évidemment voulu établir, comme une des règles fondamentales des sociétés, *que la vie de l'homme doit être respectée, même après les plus horribles forfaits.*

Voilà donc la loi des chrétiens ; et cependant c'est dans un pays soumis à cette loi qu'on persiste à protéger la peine de mort. Chrétiens! c'est votre Dieu qui a parlé. Chrétiens ! vous n'avez que deux partis à prendre : reniez votre Dieu, ou brûlez vos échafauds (4).

Les fondateurs antiques et vénérables de ce grand principe avaient leurs raisons, sans doute; cherchons-les, mon fils, cherchons-les.

L'homme dans l'état de nature est-il libre? Si l'on t'adresse cette question, n'hésite pas à répondre : Non. La liberté consiste dans le pouvoir de faire tout ce qui nous plaît ou nous est utile, et de repousser tout ce qui nous déplaît ou nous est nuisible (5).

Est-il dans ces conditions l'homme isolé sur la terre? l'homme livré sans défense aux animaux carnassiers, aux reptiles venimeux? l'homme arrêté sans cesse dans sa course par des monts escarpés qu'il ne peut gravir, par des fleuves, des torrents impétueux qu'il ne peut ni dompter ni franchir? l'homme exposé chaque jour à s'égarer, en poursuivant sa proie, dans de sombres forêts, labyrintes inextricables dont il cherche vainement les issues? Est-il libre dans les réseaux de ces forêts, au moment où, perdant tout courage, après mille détours, mille circuits infructueux; au moment où, accablé de faim, de soif, de lassitude, de désespoir, il tombe pour servir de pâture palpitante à l'un des habitants de ces antres ténébreux?

Non! il n'est pas libre, l'homme entouré de tant de dangers, contre lesquels ne peuvent rien ses efforts. Mais il est dans la nature de la faiblesse de rechercher la faiblesse. L'homme s'est rallié à l'homme, la société s'est formée, et à l'instant une ère nouvelle s'ouvre pour lui.

Il fabrique des armes pour combattre les lions, les tigres, les panthères, les léopards; il construit des retraites, des remparts contre leurs attaques nocturnes ; il fait serpenter ses sentiers autour des montagnes, pour graver son pied vainqueur sur leur tête humiliée; il asseoît des ponts sur les torrents, sur les fleuves, pour en marier les deux rives; il éclaircit les forêts, et les sillonne de routes, pour les parcourir dans toutes les directions, sans craindre de se perdre.

De ce moment, *les hommes* ont compris la puissance de leurs bras réunis; c'est alors qu'ils ont pu s'écrier avec fierté : « Nous som- » mes libres enfin, puisque nous sommes » maîtres de la terre, dont chacun de nous, » séparément, n'était que le plus misérable » esclave. »

Et, profitant des avantages de *l'association*, l'homme a travaillé ensuite progressivement à son bien-être; mais ce n'était pas là son

but primitif : il ne connaissait de luxe d'au-
cune espèce dans ces premiers temps , et le
bien-être est le luxe de la vie. Les hommes se
sont rapprochés *pour vivre* , et non *pour bien
vivre.*

Ainsi, la conservation de la vie des hommes est la base de toute société ; c'est sur elle que reposent leurs conventions premières,
en se groupant, pour opposer des masses
impénétrables à leurs ennemis affamés. C'est
donc par la défense de l'homicide que doivent
débuter tous les codes des peuples ; tous doivent commencer par ces mots : *Tu ne tueras
pas ton semblable ;* tous doivent placer en tête
de l'énumération des crimes à punir le
meurtre, le duel par conséquent (6).

On est à peu près d'accord sur ce point ;
mais quelle sera la mesure de la peine ?
Voilà ce dont je vais parler.

Je commence par poser ce principe ; ce
qui est défendu aux individus en particulier
est défendu à la société en masse ; ce qui est
un crime pour un seul est un crime pour
tous. Or, le meurtre est un crime pour les
individus en particulier ; donc il est un cri-

ne pour la société en masse; donc le peuple qui attente à la vie d'un de ses membres oublie ses engagements, ses devoirs; il abuse de sa force, il se rend coupable lui-même, enfin il répond à un crime par un crime.

Zoroastre a dit : » Condamner les âmes à » un supplice éternel, ce n'est pas punir, » c'est brûler. »

En imitant Zoroastre, je dis: *Abattre la tête d'un criminel, ce n'est pas le punir, c'est l'assassiner.*

Et c'est l'assassiner lâchement : il est sans défense, désarmé, chargé de fers ; il est enfin un ennemi vaincu, et ce n'est que chez les cannibales qu'on égorge les vaincus.

Oui, quiconque contrevient aux lois mérite une punition ; mais ce n'en est pas une qu'un supplice, c'est *une vengeance*, et elle aussi est *un crime.*

Qu'un individu frappé de coups de poignards, abandonné comme mort, soit rappelé à la vie par une sorte d'enchantement; qu'à peine rétabli de ses blessures, il attende son ennemi dans un lieu désert, et l'immole à son tour, il sera jugé homicide, il sera condamné à mort. Que fait donc la société autre chose que ce qu'il aurait fait? La même chose; elle se souille d'un double crime, d'un meurtre et d'une vengeance.

Je l'ai dit, je le répète, *je ne professe pas la religion chrétienne*. Cependant, je dois l'invoquer ici, puisque mes paroles doivent être entendues d'hommes *se disant chrétiens*; je l'invoque.

Quelle est la vertu attribuée à l'absolution donnée par les prêtres? C'est d'effacer la faute dont le repentir s'est épanché dans leur sein; c'est de purifier le coupable, de le mettre dans le même état que s'il n'eût point failli. Il était criminel avant l'absolution, après il ne l'est plus.

Pourtant, on l'arrache des bras du prêtre pour le traîner à l'échafaud.

S'il n'est plus coupable, pourquoi le frapper de mort? S'il l'est encore, que signifie l'absolution?

Qu'on n'objecte pas que son pardon lui a été accordé au nom de Dieu. Le prêtre chrétien, pas plus que les anciens prêtres d'Égypte, n'a reçu de pouvoirs de Dieu. *Toutes les religions sont des institutions humaines* ; le prêtre n'est qu'un des représentants de la société, qui lui a confié la mission de pardonner, comme elle a imposé au magistrat la tâche pénible de condamner ; *elle parle par la bouche du prêtre, comme elle frappe avec la hache du bourreau.* Elle commet donc une inconséquence manifeste en faisant presque simultanément deux actions contradictoires. La même inconséquence existe, dira-t-on, pour les peines temporaires : on retient prisonnier un malheureux plusieurs années après que le prêtre a prononcé les paroles d'oubli. Cela est vrai ; cela prouve encore un des vices de nos institutions, le désaccord de la religion avec les lois civiles. Qu'elle ne reconnaisse pas de faute irrémissible, je suis de son avis. Mais toute faute *nuisant à autrui* exige *une réparation*, ou au moins *une expiation*, si la réparation n'est pas possible. C'est précisément cette expiation qu'un coupable subit par la privation momentanée de sa liberté. Ce n'est donc qu'au terme fixé par les lois civiles que le prêtre devrait le rendre à l'innocence, en même temps que le magistrat le rendrait à sa famille. Jusqu'à ce moment, il se bornerait à lui porter des consolations, à lui démontrer *avec douceur* l'étendue de sa faute, à l'imprégner de principes salutaires et préservateurs qui en rendent le retour impossible.

De là cette conséquence que la justice ne prononcerait plus de châtiment indéfini. Justice ! écoute Elisora : *ne te déshérites jamais du bonheur de pardonner.*

De là cette autre conséquence : plus de peine de mort, la seule peine irrévocable.

Malheureusement, cette harmonie ne pourrait exister que chez les peuples dont le chef serait *premier ministre de la religion.* Les lois civiles et religieuses, dictées par la même pensée, tendraient au même but ; elles marcheraient parallèlement, sans être exposées à se heurter, comme de nos jours.

Abandonnant les considérations puisées dans la religion, j'ai à faire une observation, et ce sera la dernière. Les lois s'occupent beaucoup de punir les crimes, et peu d'en indemniser les victimes. Si un jeune enfant, dont le père vient d'être assassiné, reste sans famille, sans appui, sans ressource, le bourreau lui rendra-t-il son père? Se chargera-t-il d'élever son enfance? d'instruire son adolescence? de lui préparer une profession pour l'âge mur? Non : il abattra une tête, et tout sera fini. Pourquoi ne pas laisser vivre le coupable, et le contraindre pour un temps déterminé à un travail dont le produit serait consacré au pauvre orphelin? Il y aurait en même temps *expiation* et *réparation* : cette justice ne vaudrait-elle pas mieux que la nôtre?

Elisora n'a plus rien à dire. Puisque le principe condamne la peine de mort, par cela seul Elisora la condamne. Le reste n'est rien pour elle.

Je ne veux pas répéter ce qui a été dit tant de fois sur les remords cuisants auxquels les magistrats dévouent leur conscience en oubliant dans leurs arrêts qu'ils sont hommes, qu'ils peuvent se tromper. Que les magistrats ne s'exposent donc pas à des erreurs irréparables.

Je ne discuterai pas non plus l'utilité de

la peine de mort pour effrayer les hommes. Loin de moi cette question ! Elle est indigne d'Elisora, d'Elisora qui ne cessera de répéter: *N'examine jamais si une chose est utile qu'après t'être assuré si elle est juste.* Non seulement la peine de mort n'est pas juste, elle est un crime : repoussez-la donc sans hésitation, quand même le vice de vos institutions la rendrait utile. Corrigez vos institutions.

Oui, corrigez-les. Mais ce ne sera qu'à la suite de profondes méditations, après bien du temps, qu'elles pourront devenir bonnes.

En attendant, n'oubliez pas, humains, que vous vous prétendez les plus parfaits habitants de la terre. N'attaquez donc pas des jours qui doivent vous paraître précieux. Ne sont-ils pas assaillis par d'assez puissants adversaires ? les maladies ? les chagrins ? l'intempérie des saisons? quelquefois la misère? les inondations ? les avalanches? les incendies? les volcans? la foudre?

Enfin, n'êtes-vous pas attendus silencieusement par une ennemie invisible, contre laquelle point de défense, la mort, dont le souffle glacé s'apprête à arrêter subitement et pour toujours le battement de votre cœur?

Au moins, gardez-vous de la seconder, de vous rendre ses complices ; ne soyez pas plus empressées qu'elle ; ne l'appelez pas, ne la sollicitez pas, ne la provoquez pas, n'allez pas au devant d'elle !

Laissez-la venir, laissez-la faire....; attendez-la.

FIN.

NOTE 1.

—

Au parti formant le premier camp se rattachent les prêtres des religions dominantes alors. Voyant avec peine les lois civiles s'éloigner de leurs lois religieuses, ils rassemblent tous leurs efforts pour les y ramener. Et en cela ils sont conséquents avec eux-mêmes. En effet, comme toutes les religions ont la prétention d'être révélées, leurs ministres sont plus que personne intéressés à combattre les tentatives de changements qui menaceraient le pouvoir de leurs ordonnances : autrement ils sembleraient avouer que leur révélateur n'a pas dicté les lois les plus convenables pour l'humanité, ce qui ferait naître des doutes sur *sa toute-puissance* ou *sa bonté*. Ils doivent par conséquent employer tous les moyens possibles pour *prévenir* ou *étouffer* ces doutes; ils doivent paraître convaincus que les préceptes de leur révélateur sont les meilleurs pour tous les temps, et que c'est un crime de cesser d'y obéir. Malheureusement, lorsque la raison refuse de les seconder, ils ne se font pas scrupule d'appeler à leur secours les passions qui entretiennent une fermentation désastreuse dans la société, au moment où elle aurait besoin du plus grand calme, au contraire, afin de pouvoir choisir, sans danger pour l'avenir, la route à suivre après être sortie des ornières où elle se trouve embourbée.

Ainsi, il faut reconnaître que, si les religions peuvent être utiles dans les siècles *organisés,* en coopérant au bien-être de l'humanité, elles sont nuisibles dans les siècles *de décomposition,* en entravant la marche de la société, en retardant un mouvement indispensable, en prolongeant le malaise général, en défendant opiniâtrément des institutions fortes peut-être dans leur jeunesse, mais débiles dans leur décrépitude. Ce ne serait tout au plus qu'une nouvelle religion, associée aux idées du jour, qui pourrait être de quelque assistance; mais on n'a plus à attendre de l'ancienne que du mal.

NOTE 2.

—

Le baleinier Pierre Martynns , après un séjour assez prolongé dans l'île de Tonga , nous a importé quelques détails sur les mœurs et les usages des peuplades qui l'habitent. On trouve dans son récit :

« Le dieu Tangaloa et ses deux fils allèrent
» habiter Bolotou. Ils y avaient demeuré long-
» temps , quand Tangaloa parla ainsi à ses
» deux fils : — Allez avec vos deux femmes ,
» et habitez dans le monde à Tonga. Divisez
» la terre en deux , et habitez séparément. —
» Ils s'en allèrent. Le nom de l'aîné était
» Toubo ; celui du cadet, Vaka-ako-ouli. Le
» cadet était fort habile. Le premier il fit des
» haches , des colliers de verre , des étoffes
» de papa-languis , et des miroirs. Toubo
» était bien différent : c'était un fainéant. Il
» ne faisait que se promener , dormir et con-
» voiter les ouvrages de son frère. Ennuyé de
» les demander, il pensa à le tuer, et se cacha

» pour cette mauvaise action. Il rencontra un
» jour son frère qui se promenait, et l'as-
» somma. Alors leur père arriva du Bolotou,
» enflammé de colère, puis il lui dit : —
» Pourquoi as-tu tué ton frère? Fuis, malheu-
» reux, fuis! — Ensuite Tangaloa adressa la
» parole à la famille de Vaka-ako-ouli : Lancez
» vos pirogues, faites route à l'est vers la
» grande terre. Votre peau sera blanche com-
» me votre âme ; vous serez habillés ; vous fe-
» rez des haches, toutes sortes de bonnes
» choses, et des grandes pirogues. — Puis,
» Tangaloa dit au frère aîné : Vous serez noir,
» car votre âme est mauvaise, et vous serez
» dépourvu de tout ; vous n'aurez point de
» bonnes choses, et vous n'irez point à la terre
» de votre frère. Comment pourriez-vous y
» aller avec vos mauvaises pirogues? Mais vo-
» tre frère viendra quelquefois commercer
» avec vous. »

Il y a nécessairement erreur dans la tra-
duction de la dernière partie de ce passage,
car, puisque Toubo avait tué son frère, celui-ci ne pouvait pas *venir quelquefois commercer avec lui*. C'est sans doute le mot *neveux*

ou un équivalent qui se trouve dans la tradition originale.

Quoi qu'il en soit, cette fable a été puisée évidemment à la même source que celle de Caïn et Abel. C'est la même allégorie, c'est-à-dire une lutte entre le bon et le mauvais principe, entre l'été et l'hiver. Mais comment la possèdent-ils, les habitants isolés d'une île perdue au milieu de l'Océan?

Bien que cette circonstance soit fort curieuse, je regrette d'en avoir connaissance.

Baleinier Martynns, c'est à vous que je m'adresse :

Avez-vous retrouvé dans votre Angleterre le calme, le bonheur, que vous procurait votre nouvelle patrie? Non, vous ne devez pas être heureux, vous ne le méritez pas. Quoi! vous le seriez après avoir indignement abandonné vos bienfaiteurs! après avoir, au mépris des liens les plus sacrés, délaissé une femme qui vous chérissait, une femme mère

2

peut - être aujourd'hui !!! Baleinier Martynns :

Souviens-toi bien que, même aux yeux du diable,
L'ingratitude est un crime effroyable.

Andrieux, le Dóyen de Badajoz.

NOTE 5.

—

Peut-être avaient-ils de puissants motifs,
les législateurs, qui, pour imprimer plus de
puissance à leurs paroles, les ont supposées
dictées soit par des êtres intermédiaires entre
la Divinité et l'homme, dans les bois d'Aricie,
à la Mecque, à Médine ; soit par la Divinité
elle-même, au pied de son trône, sur le mont
Sinaï, dans la Galilée. Un succès de plusieurs
siècles semblerait même justifier leur stra-
gème. Cependant, *l'examen* démontre clai-
rement qu'un succès de ce genre, quelque
long qu'il soit, a de fâcheux résultats en dé-
finitive. Tôt ou tard le prestige se dissipe ; le
législateur, qui faisait l'admiration des hommes, n'est plus qualifié que d'habile impos-
teur, et ses mensonges paralysent l'influence de ce qu'il a pu dire de vrai.

Au surplus, malgré les obstacles apportés
au perfectionnement de l'esprit humain, il
est arrivé à un degré de maturité qui ne per-
met plus de le repaître de grossiers men-

songes. Hommes généreux qui, par de loua-
bles efforts, tenteriez de donner une direc-
tion précise à la société, incertaine en ce
moment de la route qu'elle doit suivre, te-
nez-vous pour bien avertis, vous ne devez
compter ni sur le charlatanisme ni sur la
fantasmagorie.

NOTE 4.

—

Si les chrétiens *d'aujourd'hui* ne comprennent rien à la morale de la Bible, en conçoivent-ils davantage la partie physique ?

Selon la Genèse, dès le premier jour de la création du monde, *la lumière est faite*, et ce n'est que le quatrième jour que *les corps lumineux sont placés dans le firmament*. Que de critiques, que de sarcasmes on a déversés sur ce passage !

Mon fils, les critiques, les sarcasmes, ont tort ; la Genèse a raison.

D'abord, ne perdons pas de vue qu'elle est écrite dans le style oriental, poétique par conséquent, et que ses expressions ne doivent pas être prises dans leur acception rigoureuse, mathématique. *Le monde* pour elle n'est pas l'immense univers, mais *notre monde particulier, notre globuscule*. Ramenée à ces termes, sa description est exacte.

Nous ignorons et sans doute nous ignorerons toujours l'origine de notre terre. Ce que nous savons, c'est qu'elle a été liquéfiée, incandescente. Dans cet état, elle repoussait loin d'elle nécessairement les eaux et toutes les matières gazeuses qui se trouvent aujourd'hui à sa surface ou dans ses entrailles. En s'élançant dans l'espace, ces matières volatilisées ont échappé à l'influence de la chaleur, qu'elles étaient obligées de fuir; elles se sont condensées en vapeur, pour vaguer suspendues dans une région invinciblement limitée par des couches brûlantes qui leur défendaient de descendre, et des couches glacées qui ne leur permettaient pas de s'élever davantage.

Arrêtons-nous là un instant. N'oublions pas qu'au milieu de ces nues éthérées s'agitait, prisonnier aussi, le fluide électrique dont la terre et l'atmosphère sont imbibées actuellement. Etait-il calme ? Je ne le crois pas; mais, en le supposant tel, il présentait, sans interruption, le spectacle magique, majestueux, de nos aurores boréales. Etait-il furieux, au contraire ? Que seraient nos orages pygmées en présence de ces orages gigantesques, enveloppant tout l'espace d'un réseau de sillons embrasés, paraissant, de chaque point de l'horizon, concerter un immense incendie, pour dévorer la nature !

Poursuivons, mon ami.

La terre se refroidit peu à peu; elle devient moins ennemie des vapeurs qu'elle avait chassées de son sein; celles-ci s'abaissent alors graduellement avec leur cortége ou de faisceaux lumineux, ou d'éclairs et d'éclats de foudre, en s'épaississant à mesure que se rétrécit le cercle qu'elles avaient à embrasser. Plus tard, la terre attiédie cesse entièrement de leur être redoutable; elles fondent sur toute sa surface, et dans le même instant apparaît le soleil dans son imposante splendeur.

Tu comprends que l'électricité, qu'elle fût tonnerre, qu'elle fût aurore boréale, n'importe, a précédé le soleil pour éclairer la terre*. La Genèse a donc raison.

* Ceci appuierait l'opinion de quelques savants qui prétendent que plusieurs des plantes fossiles ont dû recevoir une lumière différente de celle du soleil. Et cet-

Contestera-t-on à l'électricité le rôle im-
portant que je lui assigne? voudra-t-on qu'elle soit restée inerte dans ces premiers temps?
Je le veux bien aussi : la Genèse n'en aura
pas moins raison.

Les nuages, masquant le soleil, laissaient
cependant transpirer sa lumière. La terre
jouissait d'un jour doux, calme, même mys-
térieux, puisqu'elle en ignorait l'origine;
elle n'en a découvert la source qu'après
la chute du voile dont s'était enveloppé l'as-
tre éclatant, bienfaiteur de la terre, qui vou-
lait, comme devraient le vouloir tous les
bienfaiteurs, rester inconnu.

Concluez de ces observations que les anciens avaient une bien plus profonde instruc-
tion que ne le suppose le vulgaire; que vous

te particularité n'a rien d'invraisemblable : car, avant de
s'étendre complétement sur la terre, les eaux serontpro-
bablement restées suspendues à sa surface, comme nous
le voyons en temps de brouillard, et elles auront pu
alors lui communiquer assez d'humidité pour favoriser
la formation des premiers végétaux.

ne pouvez trop méditer leurs écrits, en vous appliquant toutefois à les bien comprendre, pour éviter de fausser le sens de leurs fables, et d'accepter ingénument de savantes allégories pour de l'histoire.

NOTE 5.

La liberté consiste , ai-je dit , dans le pouvoir de faire tout ce qui nous plaît et nous
est utile , et de repousser tout ce qui nous
déplaît ou nous est nuisible.

De cette définition découle naturellement
cette restriction : à la condition de ne nuire
à aucun individu en particulier, ni à la société en général. En effet , la faculté accor-
dée à chacun de repousser ce qui lui est nuisible emporte avec elle la défense à tous de
nuire à personne. De là ce précepte :

« Ne faites jamais à autrui ce que vous
» ne voudriez pas qu'il vous fût fait à vous-
» mêmes. »

Ainsi donc , si la société doit veiller à ce
que la liberté , qui est son ouvrage , ne nui-
se à personne en particulier, à plus forte raison doit-elle se précautionner contre le tort
qu'elle pourrait lui causer à elle en général.

Pour cela, il faut que le précepte que je

viens de rappeler soit *sans exception*. J'insiste
sur ces mots , *sans exception*; mais je ne don-
nerai pas ici les développements que com-
porte ma pensée : ils trouveront leur place
lorsque je parlerai des gouvernements.

NOTE 6.

—

La guerre n'est qu'un duel entre deux peuples. Je la condamne donc; elle est un crime de la part des gouvernants, même lorsqu'elle a pour but l'intérêt des peuples, ce qui est bien rare.

Je condamne aussi le suicide; mais pour que la société pût avoir quelque action sur un cadavre, il faudrait ramener les esprits auxgrandes idées antiques, dont ils sont trop éloignés pour pouvoir y arriver avant un siècle, s'ils y arrivent. Abandonnons cet article à nos arrière-petits-fils. Réservons pour nous ce qui est plus urgent.

FIN DES NOTES.

www.ingramcontent.com/pod-product-compliance
Lightning Source LLC
Chambersburg PA
CBHW060853180626
46818CB00004B/1686